Dieses Buch gehört

Cornelia Möres

Mein Pocket-Lexikon des Glaubens

Cornelia Möres

Mein Pocket-Lexikon des Glaubens

Mit Illustrationen von Cornelia Kurtz

Butzon & Bercker

Bildnachweise:
Cover, nachfolgende Seiten: Julien Eichinger – Fotolia.com, kytalpa – Fotolia.com, Kai Serfling; S. 21, 34, 76, 77: Uta Fischer

Bibliografische Information der Deutschen Nationalbibliothek

Die Deutsche Nationalbibliothek verzeichnet diese Publikation in der Deutschen Nationalbibliografie; detaillierte bibliografische Daten sind im Internet über http://dnb.d-nb.de abrufbar.

verlags gruppe engagement

Das Gesamtprogramm von Butzon & Bercker finden Sie im Internet unter www.bube.de

ISBN 978-3-7666-1899-3

Umschlaggestaltung und Layout: Kai und Amrei Serfing GbR, Leipzig
Satz: SATZstudio Josef Pieper, Bedburg-Hau

Inhalt

Ein Wort vorab

Liebes Mädchen, lieber Junge!

Du hältst ein Glaubenslexikon in der Hand. Ein Lexikon über den Glauben – geht denn das überhaupt? Nein, eigentlich geht das nicht so richtig. Denn der Glaube ist etwas sehr Persönliches, etwas Lebendiges. Der Glaube ist eine Beziehung, eine Freundschaft zwischen dir und Gott. Das kann man nicht in Lexikonartikel packen. Oder kannst du dir ein Lexikon über das Leben mit deinem besten Freund oder deiner besten Freundin vorstellen?

Aber wenn du dich auf den Glauben einlässt, vielleicht in der Vorbereitung auf deine Erstkommunion, dann kommst du sicher auch mit vielen Dingen und vielen Wörtern in Kontakt, die dir fremd und unbekannt sind. Denn in der Kirche, in der der Glaube gelebt wird, gibt es vieles, das eine lange Geschichte hat, wie die Kirche selbst. Aus vergangenen Zeiten stammen daher auch viele Begriffe, die ihren Ursprung in alten Sprachen haben, im Hebräischen, Altgriechischen und Lateinischen. Dieses Lexikon will dir viele solcher und anderer Begriffe erklären. So kannst du auf deinem Weg mit Gott viele neue Dinge entdecken!

Aus dem Alten und Neuen Testament:

Begriffe aus der Bibel

A

Abraham

Abraham gilt als Stammvater des Volkes → **Israel** und als großes Vorbild des Glaubens. Er wurde in Ur in Chaldäa geboren und lebte ungefähr 2000 v. Chr. Die Geschichte Gottes mit Abraham findet sich im → **Alten Testament** in den Kapiteln 11 bis 25 im Buch Genesis.

Noch im hohen Alter bekamen Abraham und seine Frau Sara einen Sohn namens Isaak. Die Bibel erzählt, dass Gott Abraham auf eine Probe gestellt hat, als er von ihm verlangte, Isaak zu opfern. Abraham war dazu bereit, aber Gott schickte einen → **Engel,** um das Opfer zu verhindern. So wusste Gott, wie sehr Abraham ihn fürchtete und ehrte.

Abraham ist nicht nur im Christentum, sondern auch im Judentum und im Islam von großer Bedeutung.

Adam und Eva

Im ersten Kapitel des Buches Genesis wird in der Geschichte über die → **Schöpfung** erzählt, wie Gott alles erschaffen hat, auch die ersten Menschen. Er nannte sie Adam (das hebräische Wort „adama" bedeutet „Erde") und Eva (das heißt übersetzt „Mutter alles Lebendigen").

Altes Testament

Das Alte Testament ist der erste und größere Teil der Heiligen Schrift, der → **Bibel.** Im Alten Testament wird die Geschichte Gottes mit den Menschen, mit dem Volk → **Israel,** erzählt, angefangen von der Erschaffung der Welt.

Die Geschichte Jesu und der ersten Christen findet sich im → **Neuen Testament.**

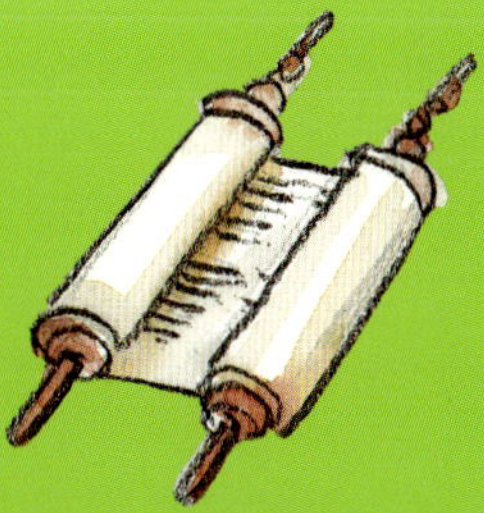

Auferstehung

Die Auferstehung Jesu ist der Kern des christlichen Glaubens. Nachdem Jesus mit seinen Jüngern das Abendmahl gefeiert hat, zum Tod verurteilt und gekreuzigt worden ist, ist er am dritten Tag von den Toten auferstanden. Dadurch hat Gott Vater bestätigt, dass Jesus Gottes Sohn ist und dass der Tod keine Macht über ihn hat.

Die Auferstehung feiern wir besonders an → **Ostern**, aber auch in jeder heiligen → **Messe**. Denn Jesus hat allen, die glauben, das ewige Leben verheißen.

Ein Zeichen für die Auferstehung ist die Osterkerze. Sie zeigt ein Kreuz und die Jahreszahl, außerdem die beiden griechischen Buchstaben A (Alpha) und Ω (Omega). Das sind der erste und der letzte Buchstabe des griechischen Alphabets. Sie zeigen, dass Gott der Anfang und das Ende, der Schöpfer und der Vollender ist. Gott umfasst alles.

B

Betlehem

Die Evangelien erzählen, dass Jesus in Betlehem geboren wurde. Das ist eine Stadt in der Nähe von Jerusalem. Auch König David, von dem im → **Alten Testament** berichtet wird, stammt aus Betlehem.

Zwar lebten → **Maria** und → **Josef** in → **Nazaret**, aber weil der Kaiser befohlen hatte, dass alle in die Stadt ziehen mussten, aus der sie stammten, um sich dort in Steuerlisten eintragen zu lassen, zogen Maria und Josef nach Betlehem, weil Josef aus dem Haus und Geschlecht Davids stammte.

Bergpredigt

Die Bergpredigt ist ein wichtiger Text im Matthäusevangelium. Dort heißt es, dass Jesus eine große Menschenmenge sah, auf einen Berg stieg und von dort aus die Menge lehrte. In der Bergpredigt geht es um viele wichtige Themen des Lebens und darum, wie die Menschen leben sollen.

Bibel

Die Bibel, auch Heilige Schrift genannt, besteht aus dem → **Alten Testament** und dem → **Neuen Testament**. Sie ist die wichtigste Quelle des christlichen Glaubens und erzählt die Geschichte Gottes mit den Menschen, angefangen von der Erschaffung der Welt bis hin zu Jesus und seinen Jüngern.

Die Bibel ist das einzige Buch der Welt, das in fast alle Sprachen übersetzt worden ist, und zwar in ungefähr 2300.

C

Christus

Jesus trägt den Beinamen „Christus". Das ist griechisch und bedeutet „der Gesalbte". Eine Salbung ist ein Zeichen besonderer Würde. Früher wurden etwa Könige gesalbt. Auf Hebräisch heißt Christus → **„Messias"**, was auch ein bekannter Titel für Jesus ist.

Nach diesem Namen sind die Anhänger Jesu benannt: die Christen.

D

Dreieinigkeit

Dreieinigkeit oder Dreifaltigkeit bedeutet, dass Gott in drei Personen verehrt wird, die zugleich eins sind, nämlich Gott Vater, Sohn (Jesus Christus) und Heiliger Geist.

E

Engel

Engel sind Boten Gottes. Die Bibel erzählt immer wieder von ihnen. Vom Engel Gabriel etwa heißt es, er habe Maria die frohe Botschaft verkündet, dass sie ein Kind zur Welt bringen werde. Auch die Frauen, die am Ostermorgen zum leeren Grab kamen, haben dort einen Engel getroffen. Er hat ihnen gesagt, dass Jesus auferstanden ist.

Evangelium

Das Wort „Evangelium" kommt aus dem Griechischen und bedeutet „Frohe Botschaft". Zum → **Neuen Testament** gehören vier Evangelien, die zugleich **das** Evangelium bilden. Es sind dies die Evangelien nach → **Matthäus**, → **Markus**, → **Lukas** und → **Johannes**. Sie erzählen vom Leben und Wirken Jesu und bilden damit die Grundlage des christlichen Glaubens.

G

Gemeinschaft

Von Anfang an bedeutete den Christen die Gemeinschaft viel.

„Wo zwei oder drei in meinem Namen versammelt sind, da bin ich mitten unter ihnen“, sagt Jesus (Matthäus 18,20).

Bis heute ist neben dem persönlichen Gebet für die Christen die Gemeinschaft wichtig, im → **Gottesdienst**, bei anderen Feiern und in den Gruppen der → **Gemeinde**.

Die Mitte der Gemeinschaft bildet immer der gemeinsame Glaube an Jesus Christus.

Gott

Gott ist nicht einfach und kurz zu beschreiben. Gott ist dreifaltig einer: Vater, Sohn und Heiliger Geist. Gott ist die Liebe. Gott ist der Schöpfer. Gott ist das Leben und die Kraft. Gott ist größer als alles, was man denken und sich vorstellen kann. Gott ist nicht in Worte zu fassen. Aber Gott ist immer da.

H

Hirten

Die Hirten auf den Feldern waren die Ersten, denen die → **Engel** die frohe Botschaft von der Geburt Jesu verkündeten. Sie eilten zum neugeborenen Jesus, um ihn zu verehren. Das Bild vom Hirten hat Jesus aber auch später häufig verwendet, um den Menschen zu erklären, wie Gott ist: Er ist wie ein guter Hirte, der sich um jedes seiner Schafe kümmert. Das Wort „Pastor" ist übrigens das lateinische Wort für Hirte: Der Pastor in der Gemeinde soll sich wie ein Hirte kümmern.

I

INRI

Als Jesus gekreuzigt wurde, ließ Pontius Pilatus am → **Kreuz** ein Schild befestigen mit der Aufschrift „INRI". Das ist eine Abkürzung für „**I**esus **N**azarenus **R**ex **I**udaeorum", das heißt auf Deutsch: Jesus von Nazaret, König der Juden.

Israel

Der Name Israel geht auf die biblische Geschichte von Jakob zurück, den Sohn von Isaak und Rebekka (Genesis 32). Denn Gott hat Jakob den Namen „Israel", das heißt „Gottesstreiter", gegeben. So nannten sich Jakobs Nachfahren Israeliten.

Das Land Israel hat eine lange und sehr bewegte Geschichte; heute gibt es einen Staat mit dem Namen Israel.

J

Jerusalem

Heute ist Jerusalem die Hauptstadt des Staates Israel. Schon zur biblischen Zeit hatte Jerusalem eine große Bedeutung: König Salomo baute hier den ersten Tempel, sodass die Stadt das Zentrum für alle Juden wurde. Später wurde dort ein neuer Tempel erbaut, der 70 nach Christus zerstört wurde. Dort steht heute nur noch die so genannte Klagemauer. Täglich kommen viele Menschen an die Mauer, um dort zu beten. Viele stecken Gebetszettel in die Ritzen der Mauer.

Jesus wurde in Jerusalem gekreuzigt, die Apostel waren dort, als zu → **Pfingsten** der Heilige Geist auf sie herabkam. Von Jerusalem aus begannen die ersten Christen die Botschaft von Jesu → **Auferstehung** zu verkünden.

Auch für den Islam spielt Jerusalem eine große Rolle, für die Muslime ist sie die drittheiligste Stadt.

Jesus

Jesus ist der Mittelpunkt unseres Glaubens. Er ist der Sohn Gottes, der von Gott zu den Menschen gesandt wurde.

Von → **Maria** wurde er in → **Betlehem** geboren, als Erwachsener begeisterte er die Menschen mit der Frohen Botschaft. Viele → **Jünger** folgten ihm. Schließlich wurde er verhaftet und musste am → **Kreuz** sterben.

Aber Gott bewies seine Größe: Jesus ist vom Tod auferstanden. Das ganze → **Neue Testament** gibt Zeugnis von seinem Leben.

Johannes, Evangelist

Einer der vier Evangelisten ist Johannes, dem das letzte der Evangelien zugeschrieben wird. Der Überlieferung nach handelt es sich bei dem Autor um den Apostel Johannes, der Jesus sehr nahestand. Johannes ist der Bruder des Apostels Jakobus.

Johannes der Täufer

Auch Jesus wurde getauft, und zwar von Johannes, der daher den Beinamen „der Täufer" trägt. Manche Menschen glaubten damals, Johannes sei der erwartete → **Messias**. Johannes aber wusste von Jesus und sagte, er selbst bereite nur den Weg für den Herrn. Das Markusevangelium erzählt von Johannes und der → **Taufe Jesu**.

Josef

Von Josef erzählen die Evangelien nur wenig, allein bei den Berichten rund um die Geburt Jesu kommt er vor. Dennoch zählt Josef zu den wichtigen biblischen Personen und den bedeutendsten → **Heiligen**. Als „Nährvater" Jesu ist er heute besonders der Patron der Familien, aber auch Schutzpatron der ganzen Kirche.

Jünger

Die Evangelien erzählen davon, dass Jesus Jüngerinnen und Jünger um sich versammelte. Sie folgten ihm nach, sie lebten in seiner Nähe und wirkten in seinem Namen.

Zum engsten Kreis um Jesus gehörten zwölf Jünger, die man auch Apostel nennt. Diese sandte er aus, um das Reich Gottes zu verkünden und in seinem Namen Menschen zu heilen.

Nach Jesu Tod blieben die Jünger zusammen, sie verbreiteten die Frohe Botschaft, sodass die ersten christlichen Gemeinden entstehen konnten.

K

Kreuz

Das Kreuz ist das zentrale Zeichen der Christen. Es erinnert daran, dass Jesus am Kreuz gestorben, aber auch, dass er auferstanden ist. Er hat den Tod besiegt und den Menschen das ewige Leben verheißen.

L

Liebe

Die Liebe ist das zentrale Wort des Glaubens. Aus Liebe hat Gott die Welt und den Menschen erschaffen. Aus Liebe hat er seinen eigenen Sohn, Jesus Christus, in die Welt gesandt. Und der Kern der Botschaft Jesu ist die Liebe: „Liebt einander! Wie ich euch geliebt habe, so sollt auch ihr einander lieben. Daran werden alle erkennen, dass ihr meine Jünger seid: wenn ihr einander liebt“ (Johannes 13,34f.).

Lukas, Evangelist

Der Verfasser des dritten Evangeliums ist der Überlieferung nach der Arzt Lukas, dem auch die Apostelgeschichte zugeschrieben wird. Lukas wird vermutlich → **Paulus**, aber nicht Jesus persönlich gekannt haben.

M

Maria

Maria ist die Mutter Jesu. Die Geburt ihres Sohnes wurde ihr, so erzählen es die Evangelien, vom Engel Gabriel verkündet.

Maria stellte sich in diesem Moment und in ihrem ganzen Leben dem Willen Gottes. Sie begleitete Jesus bis unter das Kreuz und blieb auch später mit den Jüngern zusammen.

Als „Muttergottes" ist sie eine ganz besondere → **Heilige** und wird noch mehr als alle anderen Heiligen in der Kirche verehrt.

Matthäus, Evangelist

Das erste der vier Evangelien wird Matthäus zugeschrieben, der es um das Jahr 80 n. Chr. verfasst haben soll. Er wird Jesus nicht persönlich gekannt haben, soll aber ein Schüler der Apostel gewesen sein.

Markus, Evangelist

Das kürzeste und wohl älteste der Evangelien stammt der Überlieferung nach von Markus, der ein Mitarbeiter von → **Paulus** und später auch von → **Petrus** gewesen sein soll. Markus hat das Evangelium vermutlich um das Jahr 70 n. Chr. in → **Rom** geschrieben.

Messias

Das Wort „Messias" kommt aus dem Hebräischen und bedeutet „der Gesalbte".

Diese Bedeutung trägt auch das griechische Wort „christos", das sich in → **Christus**, dem Beinamen Jesu, wiederfindet.

Mose

Das Buch Exodus im → **Alten Testament** erzählt ausführlich die Geschichte von Mose.

Als Säugling wurde er in einem Binsenkörbchen auf dem Nil ausgesetzt und von der Tochter des Pharao gefunden; bei ihr wuchs er auf.

Später erschien ihm ein → **Engel** Gottes aus einer Flamme, die aus einem Dornbusch herausschlug, und Gott sprach aus dem Feuer zu Mose. Er bekam die Aufgabe, das Volk Israel aus der Gefangenschaft aus Ägypten herauszuführen.

Auf dem Berg Sinai schließlich offenbarte Gott dem Mose die → **Zehn Gebote**.

N

Nazaret

In dem kleinen Ort Nazaret in Galiläa lebten Maria und Josef, als der Engel Gabriel Maria erschien und die Geburt Jesu verkündete. Hier wuchs Jesus auch auf und lebte dort, bis er mit etwa 30 Jahren den Ort verließ, um öffentlich zu wirken.

Neues Testament

Das Neue Testament erzählt von → **Jesus** und den ersten Christen. Es besteht aus 27 einzelnen Büchern, zu denen unter anderem die vier Evangelien gehören, aber auch zahlreiche Briefe, die → **Paulus** oder andere Apostel an verschiedene christliche Gemeinden geschrieben haben.

Das Neue Testament ist die wichtigste schriftliche Quelle für die Christen. Es schließt sich in der → **Bibel** an das → **Alte Testament** an, das über die Geschichte Gottes mit den Menschen von der → **Schöpfung** an erzählt.

P

Paulus

Der Apostel Paulus ist der Verfasser zahlreicher Briefe, die sich im → **Neuen Testament** finden und die an verschiedene frühchristliche Gemeinden gerichtet sind.

Paulus hat Jesus nicht mehr persönlich gekannt. Die Apostelgeschichte erzählt im Kapitel 9 von seiner Berufung: Noch während er alle verfolgte, die an Jesus glaubten, erschien ihm Jesus in einem hellen Licht, das ihn vom Himmel umstrahlte. Jesus hatte ihn auserwählt.

Paulus änderte sein Leben und setzte sich von da an ganz für Jesus und seine Botschaft ein. Er verkündete im ganzen Mittelmeerraum das → **Evangelium** und gründete viele neue Gemeinden.

Petrus

Der Apostel Petrus war einer der ersten → **Jünger**. Er begleitete Jesus und setzte sich auch nach Jesu Tod, so erzählt es die Apostelgeschichte, sehr für die Verbreitung der Frohen Botschaft ein.

Er wurde schließlich in → **Rom** verhaftet und gekreuzigt. Sein Grab befindet sich unter dem heutigen Petersdom.

„Petrus" heißt übersetzt Fels oder Stein, und Jesus hatte zu Petrus gesagt: „Du bist Petrus, und auf diesen Felsen werde ich meine Kirche bauen" (Matthäus 16,18).

S

Schöpfung

Von der Schöpfung erzählen die ersten Kapitel des → **Alten Testaments**. Gott hat die Welt erschaffen, Himmel und Erde, Licht und Dunkel, Pflanzen und Tiere und schließlich den Menschen. Gott ist der Herr über das Leben.

In der → **Bibel** ist die Rede davon, dass er die Welt in sechs Tagen erschaffen hat und am siebten Tag ruhte. Er sah, dass alles, was er geschaffen hatte, sehr gut war, und vertraute seine Schöpfung den Menschen an.

Seele

Der Mensch ist nicht nur ein Wesen aus Fleisch und Blut, sondern er ist mit Vernunft und Geist begabt und er hat eine Seele. Die Seele meint das Innerste des Menschen, das, was ihn von allen anderen Lebewesen unterscheidet. In der Seele fühlt sich der Mensch von Gott angesprochen.

T

Taufe Jesu

Wer heute getauft wird, wird Christ. Aber auch Jesus Christus ist selbst getauft worden, und zwar von → **Johannes dem Täufer**. Als Johannes Jesus getauft hatte, so erzählt das Matthäusevangelium, kam der Heilige Geist wie eine Taube auf Jesus herab.

Tod

Jeder Mensch muss irgendwann sterben, denn das Leben auf der Erde ist vergänglich. Aber durch den Tod und die → **Auferstehung** Jesu sind die Christen gestärkt in dem Glauben, dass mit dem Tod nicht alles zu Ende ist, sondern dass ein Leben in der Herrlichkeit Gottes folgt. Wie dieses Leben sein wird, weiß noch keiner. Aber dass es diese Herrlichkeit gibt, das glauben die Christen: Denn die Liebe Gottes ist stärker als der Tod.

V

Vaterunser

Einer der → **Jünger** bat einst Jesus, er möge ihnen das Beten beibringen (Lukas 11,1), und so lehrte Jesus seine Jünger das „Vaterunser". Es ist deshalb ein ganz besonderes Gebet, das die Christen oft beten:

Vater unser im Himmel,
geheiligt werde dein Name.
Dein Reich komme.
Dein Wille geschehe, wie im Himmel so auf Erden.
Unser tägliches Brot gib uns heute
und vergib uns unsere Schuld,
wie auch wir vergeben unseren Schuldigern.
Und führe uns nicht in Versuchung,
sondern erlöse uns von dem Bösen.
Denn dein ist das Reich und die Kraft
und die Herrlichkeit in Ewigkeit. Amen.

W

Wein und Brot

In den Zeichen von Wein und Brot feiern die Gläubigen in der → **Eucharistie** die Gegenwart Jesu Christi.

Beim letzten Abendmahl mit seinen Jüngern hat Jesus Brot und Wein genommen, das Dankgebet darüber gesprochen und Brot und Wein mit den Jüngern geteilt. Dazu sprach er die Worte: „Das ist mein Leib" und „Das ist mein Blut".

Wort Gottes

Nicht nur in den Zeichen von Brot und Wein, auch im Wort Gottes ist Jesus im → **Gottesdienst** gegenwärtig. Deshalb gehören zu jedem Gottesdienst Lesungen aus der Schrift, vor allem aus dem → **Evangelium**.

Z

Zehn Gebote

Als → **Mose** das Volk aus Ägypten herausgeführt hat, hat Gott ihm am Berg Sinai die Zehn Gebote offenbart.

Bis heute sind diese Gebote wichtige Weisungen für ein gutes und gelingendes Leben mit Gott und den Mitmenschen.

Auch Jesus nimmt immer wieder Bezug auf die Zehn Gebote. Zu finden sind sie im Buch Exodus, Kapitel 20.

Gottes Haus und Gemeinschaft:

Begriffe rund um die Kirche

A

Altar

Der Altar steht meist vorn in der → **Kirche** und ist doch zugleich ihr Mittelpunkt. Er ist der Tisch, an dem der → **Priester** mit der → **Gemeinde** die → **Eucharistie** feiert, das heilige Mahl.

Ambo

Vom Ambo, dem Lesepult, aus wird aus der Heiligen Schrift vorgelesen. Von hier aus verkündet der → **Priester** auch die Frohe Botschaft, das → **Evangelium**, und hält die → **Predigt**.

Amen

Das Wort „Amen" kommt aus dem Hebräischen und bedeutet „So sei es". Deshalb wird mit dieser Bestätigung jedes → **Gebet** beendet. Oft antwortet auch die Gemeinde in der Messe dem Priester mit „Amen" und bekräftigt damit, was er gebetet hat.

B

Bischof

Der Bischof ist der Leiter eines Bistums, also eines Teils der katholischen Kirche. Er wird vom → **Papst** dazu ernannt. Seine Aufgabe ist es, für die Verkündigung, den Gottesdienst und den Dienst am Nächsten zu sorgen. Man nennt das Lehramt, Priesteramt und Hirtenamt. Außerdem darf er die Weihen zum → **Diakon**, → **Priester** und Bischof und das Sakrament der → **Firmung** spenden. Zeichen eines Bischofs sind die Mitra und der Bischofsstab.

C

Chrisam

Das Chrisam ist ein besonderes Öl, das in der katholischen Kirche zum Beispiel bei der → **Taufe** und → **Firmung** verwendet wird. Auch Priester, Bischöfe und Kranke werden mit dem Öl gesalbt. Jesus selbst trägt den Beinamen → **„Christus“**, das heißt „der Gesalbte“. Die Salbung bedeutet: Du gehörst zu Jesus, er stärke dich!

D

Diakon

Zum Diakon wird jemand vom → **Bischof** geweiht. Entweder ist das Amt des Diakons eine Vorstufe des Priesteramts, sodass der Diakon später noch zum → **Priester** geweiht wird. Oder er ist ein so genannter ständiger Diakon, was ein eigener Beruf ist.

Die Aufgaben des Diakons liegen vor allem darin, der → **Gemeinde** zu dienen („diakonos" ist griechisch und bedeutet Diener), und zwar im → **Gottesdienst** und im alltäglichen Leben der Gemeinde.

Dom

Als Dom bezeichnet man zumeist die Bischofskirche eines Bistums. Abgeleitet vom griechischen Wort „kathedra", das Lehrstuhl oder Sitz bedeutet, wird sie auch Kathedrale genannt.

E

Eucharistie

Die Eucharistie ist die zentrale Feier der katholischen Christen. Sie ist zugleich Höhepunkt ihres Glaubenslebens und eine Quelle, aus der neue Kraft geschöpft werden kann.

In der Eucharistie ist Christus in → **Wein und Brot** gegenwärtig, die Gläubigen begegnen ihm in der Kommunion in besonderer Weise. Das Wort kommt aus dem Griechischen und bedeutet „Danksagung“.

Evangelisch

Eine der größten christlichen Konfessionen ist die evangelische. Sie geht zurück auf Martin Luther, der im 16. Jahrhundert lebte und die Missstände in der Kirche anprangerte. Sein Ziel war es, die Kirche von innen zu erneuern. Aus dieser Bewegung ist schließlich die Reformation entstanden. Das Wort stammt aus dem Lateinischen und bedeutet „Umgestaltung". Die Reformation führte zur Abspaltung der evangelischen Kirchen. Zu ihnen gehört derzeit in Deutschland etwa ein Drittel der Bevölkerung.

Ewiges Licht

In der Nähe des → **Tabernakels** brennt in jeder katholischen Kirche eine → **Kerze**, meist in einem roten Glas. Sie brennt Tag und Nacht und wird deshalb ewiges Licht genannt.

Im Tabernakel befinden sich die → **Hostien**, das heilige Brot, in dem Jesus gegenwärtig ist. So ist das ewige Licht ein Zeichen für die Anwesenheit Jesu im Zeichen des Brotes.

Fest

Feste prägen das Jahr und das ganze Leben. Es gibt wiederkehrende Feste wie Geburtstage und einmalige wie die → **Taufe** oder die → **Erstkommunion**. Neben den persönlichen Festen feiern die Christen viele Feste im Kirchenjahr. Die Kirche unterscheidet dabei zwischen Festen und Hochfesten: Die ganz besonderen Feiertage wie → **Ostern**, → **Weihnachten**, → **Pfingsten** oder → **Allerheiligen** sind einige der Hochfeste, viele andere wichtige Ereignisse und Gedenktage werden als Feste gefeiert.

Freude

Von der Freude ist im → **Neuen Testament** immer wieder die Rede, denn der Glaube an Jesus und die → **Auferstehung** ist der beste Grund, voller Freude zu sein. So kann, wer an Jesus glaubt, von der wahren Freude getragen durch das Leben gehen.

Fürbitten

In den Fürbitten betet die Gemeinde im Gottesdienst für andere: für die ganze Kirche, für die Welt, für Menschen in Not und für die Menschen der eigenen Gemeinde.

G

Gebet

Im Gebet wendet sich der Mensch → **Gott** zu und tritt mit ihm ins Gespräch. Wie man mit einem vertrauten Menschen sprechen kann, so kann man auch Gott alles sagen. Gebete können Dankgebete und Bittgebete sein, man kann mit Gott ganz persönlich mit eigenen Worten sprechen. Es gibt aber auch Gebete, die jeder kennt und die alle zusammen beten können. Das bekannteste davon ist sicher das → **Vaterunser**, das Jesus selbst seinen Jüngern beigebracht hat.

Gemeinde

Wer getauft wird, wird Mitglied einer bestimmten Gemeinde, in der er wohnt. So eine Pfarrgemeinde oder Kirchengemeinde ist ein Teil der großen → **Kirche**, die man auch Weltkirche nennt. Als Kirche vor Ort feiert die Gemeinde in ihrer Kirche → **Gottesdienste** und → **Feste**. Außerdem gibt es meist eine Reihe von Gruppen, die das Leben der Gemeinde prägen: → **Messdiener**- und Seniorengruppen, Familienkreise oder Jugendgruppen.

Glaubensbekenntnis

Im Glaubensbekenntnis bekennen die Christen ihren Glauben zu Gott und zu Jesus Christus. Sehr bekannt ist das Apostolische Glaubensbekenntnis. Es beginnt mit den Worten „Ich glaube an Gott, den Vater, den Allmächtigen …" Aber auch in kürzeren Texten oder Liedern kann man sich zum Glauben bekennen.

Glocken

Im Glockenturm der Kirche hängen die Glocken. Durch ihr Geläut rufen sie die Menschen zum → **Gottesdienst**. Sie läuten auf besondere Weise auch zur Ehre Gottes, etwa in der Osternacht, oder durch ruhiges Geläut als Zeichen der Trauer, wenn ein Verstorbener beerdigt wird.

Gottesdienst

Als Gottesdienst bezeichnet man jede Form, den Glauben in Gemeinschaft zu feiern. So wird sowohl die heilige → **Messe** Gottesdienst genannt als auch Formen ohne die Feier der → **Eucharistie**, wie zum Beispiel eine Wort-Gottes-Feier, eine Andacht oder eine Tauffeier.

H

Hahn

Der Hahn auf vielen Kirchtürmen erinnert daran, dass → **Petrus** Jesus dreimal verleugnet hat, bevor dann ein Hahn gekräht hat. Das Symbol mahnt die Christen: Bleibt wachsam und Jesus treu verbunden!

Heilige

Heilige sind Menschen, die in der Kirche besonders verehrt werden. Sie haben in ihrem Leben die Liebe Gottes auf außergewöhnliche Weise für andere Menschen sichtbar gemacht. So ist ihr Leben ein besonderes Zeugnis für Christus.

Zu den bekanntesten Heiligen neben den Aposteln zählen der heilige → **Nikolaus**, der heilige → **Martin**, die heilige Elisabeth und der heilige Franziskus.

Hostie

Beim letzten Abendmahl hat Jesus das Brot gebrochen, es mit seinen Jüngern geteilt und gesagt: „Das ist mein Leib."

So wird immer, wenn → **Eucharistie** gefeiert wird, das Brot gebrochen. Seit langer Zeit nimmt der Priester allerdings kein richtiges Brot mehr, sondern kleine, nur aus Mehl und Wasser hergestellte Oblaten, die man Hostien nennt. Sie werden – meist in Klöstern – nur für diesen Zweck nach besonderen Richtlinien hergestellt.

I

Ichtys (Fisch)

Der Fisch war das Geheimzeichen der ersten Christen.

Auf Griechisch heißt Fisch ICHTYS. Mit den einzelnen Buchstaben können die Anfänge neuer Wörter gebildet werden, nämlich **I**ESOUS **CH**RISTOS **T**HEOU **Y**IOS **S**OTER = Jesus Christus Gottes Sohn Erlöser.

So ist das Zeichen des Fisches wie ein kurzes → **Glaubensbekenntnis**.

K

Katholisch

Bei dem Wort „katholisch“ denkt man zuerst an die römisch-katholische Kirche. Doch die Bedeutung des Wortes, das aus dem Griechischen kommt, heißt „allumfassend, zusammen“. Erst durch die Aufspaltung in die verschiedenen → **Konfessionen** wurde der Begriff der römisch-katholischen Kirche zugeordnet. Ungefähr ein Drittel der Menschen in Deutschland ist heute katholisch.

Kerze

Kerzen brennen in jedem → **Gottesdienst**. Sie sind ein Zeichen der Feierlichkeit, erinnern aber auch daran, dass Jesus gesagt hat: „Ich bin das Licht der Welt.“ Außer den üblichen, in der Kirche brennenden Kerzen gibt es noch besondere, etwa die → **Osterkerze** oder die Taufkerze.

Kirche

Unter „Kirche" versteht man sowohl das Kirchengebäude als auch die Gemeinschaft der Gläubigen. So besteht die so genannte „Weltkirche" aus der Gemeinschaft aller Menschen, die sich zur Kirche bekennen, und ihren Institutionen und ihrer Organisation.

Kloster

In einem Kloster leben Frauen oder Männer zusammen, die einer bestimmten Gemeinschaft angehören, einem so genannten → **Orden**. Diese Frauen und Männer werden Schwestern und Brüder genannt.

Im Kloster gibt es neben den persönlichen Räumen wie den Schlafräumen auch Gemeinschaftsräume, etwa zum Essen. Und jedes Kloster hat eine Kirche oder eine Kapelle als Ort des → **Gebets** und des → **Gottesdienstes**.

Konfession

Eine Konfession ist die Glaubensrichtung, zu der sich der Gläubige bekennt (lateinisch „confessio“ bedeutet Bekenntnis).

Nachdem mit Jesus Christus der Grundstein für das Wachsen einer → **Kirche** gelegt war, gab es unter den Christen im Laufe der Geschichte immer wieder Trennungen und Abspaltungen. Die einzelnen Glaubensgemeinschaften, die daraus entstanden sind, nennt man Konfessionen. Am bekanntesten sind die römisch-katholische und die evangelische Kirche. Es gibt aber auch orthodoxe Christen, Altkatholiken, Anglikaner und noch einige andere.

M

Messdiener

Messdienerinnen und Messdiener werden auch Ministranten genannt. Das Wort „Ministrant" kommt vom lateinischen Wort „minister", das heißt Diener oder Helfer. So ist der Ministrant der Helfer des → **Priesters** im → **Gottesdienst**.

Messe

Es gibt viele Arten von → **Gottesdiensten**, etwa die Andacht oder die Wort-Gottes-Feier. Eine besondere Form ist die heilige Messe, zu der immer die Feier der → **Eucharistie** gehört. In der Messe feiern die Gläubigen die Gegenwart Jesu Christi nicht nur in Wort und Gemeinschaft, sondern auch in den Zeichen von → **Wein und Brot**.

Mission

Das Wort Mission kommt vom lateinischen „mittere", das heißt schicken, entsenden. Jesus selbst hat seine → **Jünger** ausgesandt, die Frohe Botschaft zu verkünden und zu den Menschen zu bringen. In diesem Sinn machen sich bis heute Menschen auf den Weg, um die Botschaft von Jesus in die Welt zu tragen. Es gibt auch einzelne → **Orden**, die ihren besonderen Auftrag in der Mission sehen, etwa die Steyler Missionare.

Monstranz

Die Monstranz (von lateinisch „monstrare" = zeigen) ist meist aus wertvollem Gold und kostbar verziert. In ihr wird der Leib Christi, die → **Hostie**, den Gläubigen gezeigt. An → **Fronleichnam** ziehen die katholischen Christen mit der Monstranz durch die Straßen und zeigen so allen Menschen, dass sie an Jesus Christus glauben und ihn verehren.

O

Ökumene

Die Ökumene ist das Bemühen der einzelnen christlichen Glaubensrichtungen um die Einheit. Die Trennung in die einzelnen → **Konfessionen** wird bis heute von vielen als schmerzlich empfunden, sodass viele Gläubige versuchen, wieder zueinander zu finden. Das Wort „Ökumene" kommt aus dem Griechischen und bedeutet „auf die ganze Erde bezogen".

Opferstock

Der Opferstock ist ein schwerer Kasten, in den durch einen Schlitz wie in eine Spardose Geld geworfen werden kann. Er steht meist hinten in der Kirche und dient dem Zweck, Geld für die Bedürftigen oder für den Erhalt des Kirchengebäudes zu sammeln.

Orden

Ein Orden ist eine Gemeinschaft, in der Männer oder Frauen zusammenleben, die sich zu einem Leben für Gott entschieden haben. Zumeist leben sie in Armut, Ehelosigkeit und Gehorsam einem Oberen, besonders aber Gott gegenüber.

Zu den bekanntesten und ältesten Orden gehören die Benediktiner, die Franziskaner und die Jesuiten.

Orgel

Musik macht einen → **Gottesdienst** erst richtig feierlich. Die Menschen singen und werden dazu vom Organisten begleitet, der die Orgel spielt. Zu besonderen Anlässen singt oft auch der Kirchenchor.

Osterkerze

Die Osterkerze ist ein Symbol für das ewige Leben. In der Osternacht wird die neue Osterkerze entzündet. Neben der Jahreszahl ist sie mit einem Kreuz und mit den griechischen Buchstaben A (Alpha) und Ω (Omega) verziert. Das sind der erste und der letzte Buchstabe des griechischen Alphabets. Sie sollen zeigen, dass Jesus das ganze Leben der Menschen umfängt, vom Anfang bis zum Ende.

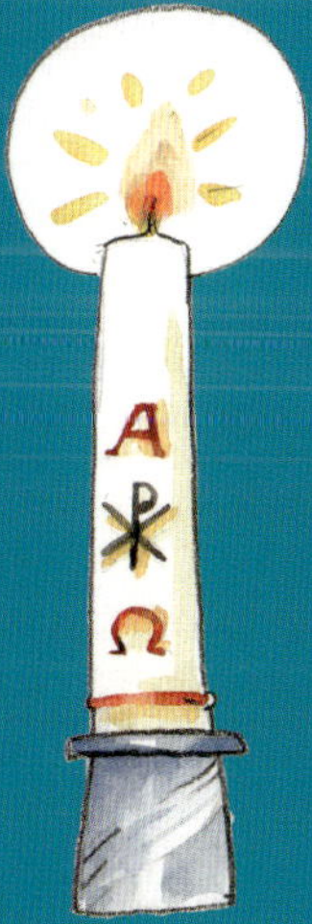

P

Pate

Sowohl zur → **Taufe** als auch zur → **Firmung** steht demjenigen, dem das → **Sakrament** gespendet wird, (mindestens) ein Pate zur Seite. Der Tauf- oder Firmpate hat die Aufgabe, das Kind oder den Jugendlichen auf seinem Lebensweg zu begleiten und dabei zu helfen, den Glauben wachsen und reifen zu lassen.

Papst

Der Papst leitet die katholische Kirche.

Das Papstamt geht der Überlieferung nach auf den Apostel → **Petrus** zurück, dem Jesus nach dem Johannesevangelium die Kirche anvertraut hat.

Der Papst ist zugleich Bischof von → **Rom** und gilt als der Erste unter allen Bischöfen. Er wird gewählt von den wahlberechtigten Kardinälen, die sich dazu in Rom, von der Öffentlichkeit abgeschieden, versammeln.

Pfarrer

Ein Pfarrer ist ein → **Priester**, dem die Leitung einer → **Gemeinde**, einer Pfarrei, anvertraut ist.

Eine andere Bezeichnung für den Pfarrer ist „Pastor", das ist lateinisch und heißt übersetzt Hirte.

Priester

Ein Priester ist ein Mann, der sich für ein Leben für Gott entschieden hat. Nach langer Ausbildung wird er vom Bischof zum Priester geweiht. Dabei verspricht er unter anderem ein Leben in Ehelosigkeit (→ **Zölibat**).

Seine Aufgabe ist die Feier der → **Messe**, die Feier der → **Sakramente**, die Verkündigung des → **Evangeliums** und die Sorge für die ihm in der → **Gemeinde** anvertrauten Menschen.

Prozession

Zu bestimmten Anlässen feiert die Gemeinde den Gottesdienst nicht (nur) innerhalb des Kirchengebäudes, sondern zieht durch die Straßen der Stadt. An → **Fronleichnam** etwa wird dabei der Leib Christi in der → **Monstranz** mit feierlicher Musik und Gebet durch die Straßen getragen, um ihn allen Menschen nahezubringen und so die Frohe Botschaft zu verkünden. Aber auch bei anderen Festen gibt es Prozessionen, etwa am → **Palmsonntag**.

R

Reformation

Als Reformation bezeichnet man die Bewegung, die, von Martin Luther angestoßen, die Kirche erneuern wollte. Letztlich ist daraus die Abspaltung der → **evangelischen** Kirchen hervorgegangen. Das Wort Reformation kommt vom lateinischen Wort „reformare" und bedeutet erneuern, umgestalten.

Rom

Die Stadt Rom hatte für die Christen schon immer eine große Bedeutung. Als Jesus zur Welt kam, beherrschten die Römer große Teile des Mittelmeerraums. Die Apostel → **Petrus** und → **Paulus** waren später beide in Rom, wo sich früh eine der ersten christlichen Gemeinden gegründet hatte. Petrus starb in Rom und wurde dort begraben, wo der heutige Petersdom steht. Die Päpste, die als Nachfolger des heiligen Petrus gelten, leben bis heute in Rom, und zwar im → **Vatikan**, einem kleinen Staat innerhalb der Stadt.

Rosenkranz

Der Rosenkranz ist eine Kette mit vielen Perlen, die nach einem bestimmten System angeordnet sind. Mit dem Rosenkranz betet man das Rosenkranzgebet, ein meditatives Gebet, in dem daran gedacht wird, was → **Maria** mit Jesus erlebt und was Jesus für die Menschen getan hat.

S

Sakrament

Die katholische Kirche kennt sieben Sakramente, und zwar die Taufe, die Eucharistie und die Firmung, das Sakrament der Versöhnung, die Krankensalbung und die Sakramente der Priesterweihe und der Eheschließung. In der Feier der Sakramente ist Gott dem Menschen auf besondere Weise nahe, er schenkt ihm Zuspruch und Kraft für seinen Lebensweg.

Sakristei

Die Sakristei ist ein Raum in beziehungsweise neben der Kirche, in dem viele Dinge aufbewahrt werden, die für den → **Gottesdienst** wichtig sind: die Gewänder für die → **Messdiener** und den → **Priester**, die Gefäße für Brot und Wein, Kerzen und Liederbücher.

In der Sakristei bereitet der Küster alles für die → **Messe** vor, und alle, die beim Gottesdienst mitwirken, kommen vorher hierhin, um sich abzusprechen, vorzubereiten und eventuell umzuziehen.

Segen

Jeder Gottesdienst endet mit einem Segen, dem Zuspruch, dass Gott uns begleiten und beschützen möge. Aber nicht nur der Priester kann einen Segen spenden, jeder kann den Segen für einen anderen erbitten. Eltern machen zum Beispiel ihren Kindern oft ein kleines Kreuzzeichen auf die Stirn und sagen dabei: „Gott beschütze dich!"

T

Tabernakel

Der Tabernakel ist ein meist kostbar verzierter Schrank in jeder katholischen Kirche. In ihm werden die → **Hostien**, der Leib Christi, aufbewahrt.

Theologie

Das Wort Theologie kommt aus dem Griechischen und bedeutet „Rede von Gott“. Als Wissenschaft wird Theologie an den Universitäten gelehrt, und wer etwa → **Priester** werden möchte, studiert Theologie. Die Theologie beschäftigt sich mit der Bibel, der Kirchengeschichte und den Fragen nach Gott.

U

Urchristentum

Als Urchristentum bezeichnet man die Zeit, in der sich die Botschaft von Jesus und seiner → **Auferstehung** zu verbreiten begann und sich die ersten christlichen Gemeinden zusammenfanden. Die noch junge Kirche war voller Begeisterung für die Sache Jesu und lebte aus diesem Geist.

Damals gab es noch keine Kirchengebäude wie heute, die Menschen trafen sich in ihren Häusern und manchmal sogar an geheimen Orten, weil sie nicht von allen geduldet und zum Teil sogar wegen ihres Glaubens verfolgt wurden.

V

Vatikan

Der Vatikan ist der kleinste unabhängige Staat der Welt; offiziell heißt er „Staat der Vatikanstadt". Er liegt mitten in der Stadt → **Rom** und wird durch Mauern beziehungsweise auf dem Petersplatz durch Grenzsteine begrenzt.

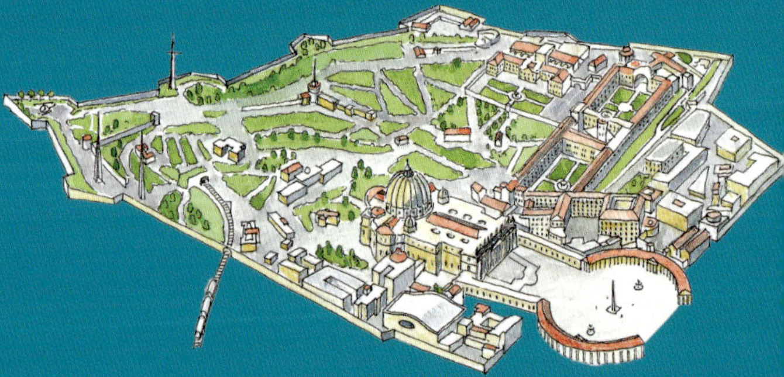

Im Vatikan lebt der → **Papst**, der als Oberhaupt der römisch-katholischen Kirche und Bischof von Rom zugleich Staatsoberhaupt des Vatikans ist.

Außerdem befinden sich hier neben dem Petersdom unter anderem auch Verwaltungs- und einige Wohngebäude, ein Kloster, ein Supermarkt, ein Bahnhof, die Vatikanbank, ein Radiosender und die Vatikanischen Gärten.

W

Weihrauch

Der duftende Weihrauch steigt nach oben und ist ein Zeichen für das Gebet der Gläubigen zu Gott. Er wird bei besonders feierlichen katholischen Gottesdiensten verwendet.

Weihwasser

Mit Weihwasser werden die Christen getauft. Und in vielen Momenten erinnern sie sich an ihre → **Taufe** und daran, dass sie zu Jesus gehören. Das Weihwasser ist dabei immer ein wichtiges Zeichen, etwa wenn sie beim Hineingehen in eine Kirche mit dem Weihwasser aus dem kleinen Becken an der Eingangstür ein Kreuzzeichen machen.

Z

Zölibat

Das Wort Zölibat kommt vom lateinischen Wort „caelebs“, was unverheiratet, allein lebend bedeutet. Katholische Priester sind zum Zölibat verpflichtet, das heißt, sie leben ohne Partnerin.

Als Begründung für den Zölibat gibt es etliche Bibelstellen aus dem → **Neuen Testament**, außerdem das Argument, dass Priester ohne eigene Familie sich mit ganzer und ungeteilter Kraft ihren Aufgaben innerhalb der Gemeinde widmen können.

A
Ω

Gott mit uns an jedem Tag:

Feste und besondere Tage im Leben und im Kirchenjahr

A

Advent

Der Advent ist die vierwöchige Vorbereitungszeit vor → **Weihnachten**. Wir warten auf die Ankunft Jesu, auf das Fest seiner Geburt.

An jedem Adventssonntag zünden wir am Adventskranz eine weitere Kerze an.

Das Wort „Advent" kommt aus dem Lateinischen und bedeutet Ankunft, Erwartung.

Allerheiligen

Der 1. November ist der Allerheiligentag.

An diesem Hochfest denkt die Kirche an alle → **Heiligen**, sowohl die bekannten als auch die unbekannten.

Allerseelen

Am 2. November feiert die Kirche das Fest Allerseelen. Es ist allen Verstorbenen gewidmet.

Deshalb werden die Gräber gesegnet, was aber oft auch schon am Nachmittag des Allerheiligentags geschieht.

Aschermittwoch

Der Aschermittwoch ist der Beginn der → **Fastenzeit**.

An diesem Tag, der seit jeher als Fasttag begangen wird, wird den Gläubigen in der Messe mit Asche ein Kreuz auf die Stirn gezeichnet. Dieses Zeichen soll sie dazu aufrufen, die Zeit bis → **Ostern** als Zeit der Umkehr zu nutzen, und es soll sie daran erinnern, dass jedes Leben sterblich und aus der Hand Gottes gegeben ist.

B

Beichte/Feier der Versöhnung

Die Feier der Versöhnung ist ein → **Sakrament**, auch Bußsakrament genannt.

Die Beichte ist ein Gespräch mit dem Priester, das in einem Beichtstuhl oder einem Beichtzimmer stattfindet. Wer beichtet, überlegt vorher genau, was er falsch gemacht hat, und bekennt in der Beichte seine Fehler. Dabei sagt er sie eigentlich nicht dem Priester, sondern Gott. Und genauso wird er dann von Gott durch den Priester von seiner Schuld befreit. Nichts von dem, was der Priester jemals in einer Beichte hört, darf er weitersagen, es unterliegt streng dem Beichtgeheimnis.

C

Christi Himmelfahrt

Vierzig Tage nach → **Ostern** feiern die Christen das Fest Christi Himmelfahrt. Jesus wird in den Himmel aufgenommen und geht in die Herrlichkeit Gottes. Im ersten Kapitel der Apostelgeschichte wird dies erzählt.

Christkönigssonntag

Mit dem Christkönigssonntag, dem letzten Sonntag vor dem ersten → **Advent**, geht das Kirchenjahr zu Ende. Es ist als Hochfest Christus, dem wahren König, gewidmet. Viele Kirchen tragen den Namen Christus König-Kirche.

D

Dreifaltigkeitssonntag

Am Dreifaltigkeitssonntag feiern die Katholiken die Dreifaltigkeit, also den Glauben an den Vater, den Sohn und den Heiligen Geist, die doch **ein** Gott sind.

Der Termin für dieses Fest ist der Sonntag nach → **Pfingsten**.

Dreikönigsfest

Das Dreikönigsfest wird auch „Epiphanie" (das heißt: Erscheinung des Herrn) genannt.

Sterndeuter – später nannte man sie auch Könige – folgten einem hellen Stern, um den neugeborenen König zu sehen. In → **Betlehem** fanden sie Jesus und brachten ihm ihre königlichen Geschenke.

E

Ehesakrament

Die Ehe ist ein → **Sakrament**, das sich Braut und Bräutigam mithilfe eines Priesters (oder Diakons) und unter Anwesenheit der Trauzeugen gegenseitig spenden. Mann und Frau versprechen sich dabei für ihr ganzes Leben ihre Liebe und Treue und glauben daran, dass Gott in ihrem Bund anwesend ist.

Die Eheschließung geschieht zumeist in einer Brautmesse, zumindest aber in einem feierlichen Wortgottesdienst.

Erntedankfest

Im Herbst feiern die Gläubigen das Erntedankfest. Sie danken Gott für die Ernte des Jahres und damit dafür, dass sie alles haben, was sie zum Leben brauchen.

Erstkommunion

Katholische Kinder gehen meist im dritten Schuljahr zur Erstkommunion. Sie bereiten sich lange auf diesen besonderen Tag vor, an dem sie zum ersten Mal in der → **Messe** zur Kommunion gehen und damit auf diese besondere Weise mit Jesus verbunden sein dürfen.

F

Fastenzeit

Als Fastenzeit, die offiziell österliche Bußzeit heißt, bezeichnet man die Zeit zwischen → **Aschermittwoch** und Karsamstag. In diesen fast sieben Wochen bereiten sich die Gläubigen auf → **Ostern** vor.

Das Fasten hat bei dieser Vorbereitung eine besondere Bedeutung, es hilft, sich auf die wesentlichen Dinge des Lebens zu besinnen.

Die Sonntage der Fastenzeit sind vom Fasten ausgenommen, sodass man beim Nachzählen der Fasttage auf genau 40 Tage kommt. Die Zahl 40 ist in der Bibel immer wieder zu finden und gilt als Zeichen für eine Zeit des Übergangs.

Firmung

Jugendliche, die getauft und zur → **Erstkommunion** gegangen sind, können das Sakrament der Firmung empfangen. Es wird ihnen, nachdem sie sich meist in kleinen Gruppen darauf vorbereitet haben, vom Bischof gespendet. Die Firmung ist eine Stärkung mit dem Heiligen Geist (das lateinische Wort „firmare" heißt stärken, ermutigen). Die Jugendlichen, die die Firmung empfangen, bestätigen damit, dass sie als Christen in der Welt leben möchten.

Fronleichnam

Am zweiten Donnerstag nach → **Pfingsten** feiert die Kirche das Hochfest des Leibes und Blutes Christi, Fronleichnam. An diesem Tag steht die → **Eucharistie** besonders im Mittelpunkt, der Herr wird in Gestalt von Brot und Wein verehrt und den Menschen gezeigt. Dazu ziehen die katholischen Christen in → **Prozessionen** durch die Straßen ihrer Gemeinde, oft sind die Prozessionswege dazu feierlich geschmückt. Das Wort Fronleichnam kommt aus dem Mittelhochdeutschen: „vron" bedeutet Herr, „lichnam" der Leib, also „Leib des Herrn".

G

Gründonnerstag

Der letzte Donnerstag vor → **Ostern** ist der Gründonnerstag, an dem die Kirche das letzte Abendmahl Jesu mit seinen Jüngern feiert.

Bevor die Gläubigen an diesem Abend die → **Eucharistie** feiern, wäscht meist der Priester einigen Gemeindemitgliedern die Füße, genau wie Jesus seinen Jüngern vor dem Mahl die Füße gewaschen hat.

Dass dieser Tag Gründonnerstag heißt, hat wenig mit der Farbe Grün zu tun (auch wenn es den Brauch gibt, an diesem Tag etwas Grünes zu essen), sondern kommt vom mittelhochdeutschen Wort für weinen: „greinen".

H

Heiligabend

Mit dem Heiligen Abend am 24. Dezember beginnt das Hochfest → **Weihnachten**. Schon am Nachmittag des 24. Dezember gibt es in vielen Kirchen Krippenfeiern, der Höhepunkt ist die am Abend stattfindende Christmette, in der die Geburt Jesu gefeiert wird.

K

Karfreitag

Am Karfreitag, dem Freitag vor → **Ostern**, denken die Christen daran, dass Jesus am → **Kreuz** gestorben ist. Nachdem er das letzte Abendmahl mit seinen Jüngern gefeiert hat (→ **Gründonnerstag**), wurde er gefangen genommen und zum Tod am Kreuz verurteilt.

In den Kirchen finden am Karfreitagvormittag Kreuzwegandachten statt. Zur Sterbestunde Jesu um 15.00 Uhr versammeln sich die Gläubigen in der Kirche, um an das Leiden und Sterben ihres Herrn zu denken.

Der Karfreitag ist ein Fasttag, außerdem ein sehr stiller Tag. Das Wort Karfreitag kommt vom althochdeutschen Wort „kara“, das heißt Kummer.

Krankensalbung

Das Sakrament der Krankensalbung spendet der Priester Menschen, die an einer ernsten Krankheit leiden.

Er stärkt sie in einer kleinen Feier durch eine Salbung mit Öl, durch Schriftlesung und Gebet. Dadurch soll der Kranke Kraft und Zuversicht gewinnen.

Auch Sterbenden wird dieses Sakrament gespendet, es ist aber nicht allein für jene gedacht.

Die Krankensalbung kann ein Mensch mehrmals im Leben empfangen.

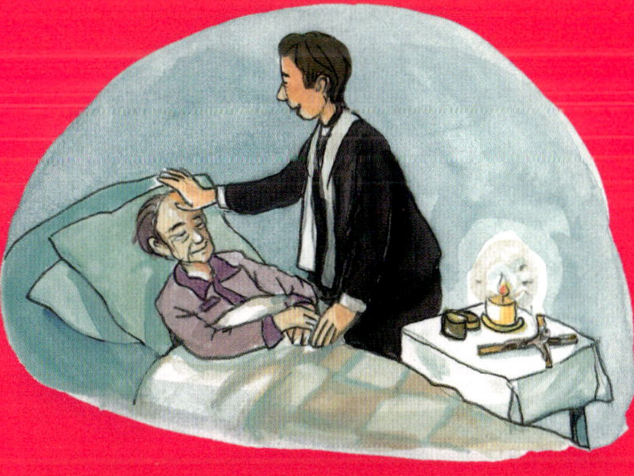

M

Martin, heiliger

Der Gedenktag des heiligen Martin ist der 11. November.

Martin lebte im 4. Jahrhundert. Er war zunächst Soldat, ließ sich dann taufen und wurde später sogar → **Bischof** von Tours in Frankreich.

Die wohl bekannteste Legende vom heiligen Martin erzählt: Als Soldat begegnete Martin einem frierenden Bettler. Martin nahm seinen Mantel, teilte ihn mit dem Schwert und gab dem Bettler die eine Hälfte. In der Nacht darauf erschien Jesus dem Martin, er trug dessen Mantelteil, so als ob Martin den Mantel nicht dem Bettler, sondern Jesus geschenkt habe. Daraufhin wollte Martin Christ werden.

N

Namenstag

Jeder Mensch trägt einen Namen und (fast) jeder Name kann mit einem → **Heiligen** oder einer Heiligen in Verbindung gebracht werden.

Am Namenstag, meist dem Sterbetag des Heiligen, denken die Gläubigen an ihren Namenspatron. In manchen Familien wird der Namenstag ähnlich wie der Geburtstag gefeiert.

Nikolaus, heiliger

Am 6. Dezember feiern die Christen das Fest des heiligen Nikolaus. Er lebte im 3./4. Jahrhundert in Myra, war dort → **Bischof** und setzte sich sehr für die Menschen ein, besonders für die Armen. Auch viele Wundergeschichten werden von ihm erzählt. Heute ist der Nikolaus besonders bei den Kindern sehr beliebt.

O

Ostern

Das höchste Fest der Kirche ist das Osterfest, das Hochfest der → **Auferstehung** des Herrn. Es wird am Sonntag nach dem ersten Vollmond im Frühling gefeiert, sodass sich der Termin des Osterfestes von Jahr zu Jahr ändert.

Im Zentrum des Hochfestes steht die Botschaft von der Auferstehung Jesu. Der Höhepunkt ist die Feier der Osternacht, die entweder am späten Vorabend des Ostersonntags beginnt oder in der Frühe stattfindet.

An das Osterfest schließt sich die Osterzeit an, die bis → **Pfingsten**, also 50 Tage, dauert.

P

Palmsonntag

Am Sonntag vor → **Ostern**, dem Palmsonntag, erinnern sich die Christen daran, dass Jesus in → **Jerusalem** eingezogen ist. Dort haben ihn die Menschen voller Freude begrüßt, mit Palmzweigen in den Händen – als Zeichen der Freude – gejubelt und „Hosanna" gerufen. Deshalb bringen auch die Christen heute am Palmsonntag bunt geschmückte Zweige mit zur Messe.

Pfingsten

Am 50. Tag, also sieben Wochen nach → **Ostern**, feiert die Kirche Pfingsten. Der Name leitet sich von dieser Zeitspanne ab, denn der griechische Begriff „pentekoste“ bedeutet „der 50. Tag“.

Am Pfingstfest steht der Heilige Geist im Mittelpunkt, der den Jüngern Jesu gesandt wurde und neue Kraft gab. In der Apostelgeschichte wird vom Pfingstereignis erzählt: Von einem Brausen und von Feuerzungen ist die Rede, als alle vom Heiligen Geist erfüllt wurden und begannen, in fremden Sprachen zu sprechen.

Priesterweihe

Wenn sich ein Mann dazu entschieden hat, → **Priester** zu werden, und nach langer Vorbereitung und Ausbildung dazu bereit ist, empfängt er vom → **Bischof** das → **Sakrament** der Priesterweihe. Dies geschieht in einem feierlichen Gottesdienst durch Handauflegung und Gebet. Außerdem verspricht der Weihekandidat Ehelosigkeit und Gehorsam gegenüber dem Bischof.

S

Sonntag

Der Sonntag ist der erste Tag der Woche und für die Christen ein besonderer Tag. An einem Sonntag ist Jesus von den Toten auferstanden. Das feiern wir am Ostersonntag, aber auch an jedem anderen Sonntag, vor allem in der Sonntagsmesse. So soll jeder Sonntag für uns Christen wie ein kleiner Feiertag sein und sich von den anderen Tagen der Woche unterscheiden.

Sternsinger

In der Weihnachtszeit verkleiden sich Kinder als Heilige Drei Könige und ziehen als Sternsinger von Haus zu Haus. Sie bringen den → **Segen** zu den Menschen in den Häusern und sammeln für bedürftige Kinder. In jedem Jahr gibt es ein anderes Motto und ein anderes Land, für das die Kinder sammeln.

T

Taufe

Wer getauft wird, der gehört zu Jesus und zur → **Kirche**. Bei der Taufe wird dem Täufling geweihtes Wasser über den Kopf gegossen. Außerdem wird er mit → **Chrisam** gesalbt, zieht ein weißes Taufkleid an und seine Taufkerze wird an der → **Osterkerze** entzündet. All das sind Zeichen für das neue Leben mit Jesus.

W

Weihnachten

Das Weihnachtsfest trägt den offiziellen Titel „Hochfest der Geburt des Herrn" und wird am 25. Dezember gefeiert. Am Vorabend, dem → **Heiligabend**, beginnen die Feierlichkeiten mit der Christmette.

Das Geschehen von Weihnachten überliefern die → **Evangelien**: In der Stadt → **Betlehem** ist Jesus, der Retter, geboren. → **Maria**, seine Mutter, und → **Josef** legten ihn in eine Futterkrippe, weil in der Herberge kein Platz für sie war. → **Engel** brachten zuerst → **Hirten** die Botschaft von der Geburt, diese eilten zum Stall, um das neugeborene Kind zu verehren.

Stichwortverzeichnis